Pépé-tacot

William Marshall est né à Brisbane, en Australie, en 1929. Il passe cinq ans dans l'armée australienne pendant la guerre du Pacifique. À la fin du conflit, il fait un apprentissage de photogravure, puis étudie l'anatomie aux cours du soir à Sydney. En 1950 il part pour l'Europe et s'installe définitivement en France, où il réalise pendant de nombreuses années une bande dessinée pour *France-Soir*. Il est parallèlement auteur et illustrateur d'histoires pour enfants qu'il publie à Bayard Presse.

Du même auteur dans Bayard Poche :
L'île d'Adam - Le réveillon de monsieur Lion
(Les belles histoires)
Un amour de chien (J'aime lire)

Bayard Éditions est une marque
du département Livre de Bayard Presse
ISBN 2. 227. 72298. 3

Pépé-tacot

Une histoire écrite
et illustrée par William Marshall

BAYARD ÉDITIONS

La petite Amilcar

C'était en 1925. Mon grand-père avait toute une collection d'autos qu'il passait son temps à bricoler. J'étais toujours fourrée dans son atelier au fond du jardin. J'adorais l'odeur de l'essence et je pataugeais avec délice dans le cambouis. Pépé me disait :

– Ma petite Flora, on fait une sacrée paire de mécanos, toi et moi ! On ira loin tous les deux. Peut-être même qu'un jour on fera le rallye de Monte-Carlo !

Ma mère et ma grand-mère voyaient tout ça d'un mauvais œil. Elles détestaient les engins à moteur.

Grand-mère disait à son mari :

– Franchement, Joseph, je ne vois pas ce que tu leur trouves de bien à tes bagnoles : elles font du bruit, elles sont sales, elles empestent...

– Et c'est dangereux ! ajoutait Maman.

Elle avait lu quelque part que le corps humain n'était pas fait pour la vitesse, et depuis elle répétait :

– À cent à l'heure, on s'évanouit !

Pépé haussait les épaules. Puis il se tournait vers moi :

– Dis donc, Flora, si on allait faire un tour avec une de mes copines à roulettes ?

C'était comme ça qu'il appelait ses voitures parfois. Grand-mère et Maman pâlissaient. Elles nous accompagnaient jusqu'à l'auto en nous faisant un tas de recommandations :

– Ne te penche pas à la portière, Flora, n'avale pas cette horrible fumée, mets ton mouchoir sur ton nez !

– Et toi, Joseph, fais attention, ne conduis pas trop vite, n'oublie pas que tu n'as plus vingt ans !

Il n'y avait pas de quoi s'inquiéter, on faisait du soixante à l'heure maximum.

C’était ça justement qui nous tracassait. Comment faire pour aller plus vite ? Un jour, dans l’atelier, Pépé m’a dit :

– Tu vois l’Amilcar là-bas ? Je suis sûr qu’elle serait bien plus rapide avec un second carburateur.

J’ai fait semblant de comprendre :

– Bonne idée, essayons tout de suite.

On s’est mis au travail sur l’Amilcar. Pépé a commencé par démonter le pot d’échappement. Mais soudain le téléphone a sonné dans la maison. Grand-mère et Maman étaient sorties et il fallait bien répondre. Pépé y est allé avec le pot d’échappement à la main. Sans réfléchir, il l'a posé devant lui...

À ce moment précis, Grand-mère et Maman sont rentrées. Quand elles ont vu le pot d'échappement sur le piano et le filet de graisse qui coulait sur les livres de musique, elles ont fait un scandale de tous les diables.

Le pire dans cette histoire, c'est que le coup de téléphone n'était même pas pour nous. C'était une erreur.

Comment gagner de la vitesse

Le tournant de la Mort

Après ce drame, on avait intérêt à se tenir tranquilles, Pépé et moi. Plus de mécanique pendant une semaine !

– T'en fais pas, m'a dit Pépé, dès que les choses se seront tassées, on retournera à notre Amilcar.

Maman était contente de me voir propre enfin, sans la moindre tache de graisse ni de cambouis. Elle m'a proposé :

– Fais donc de la pâtisserie ou de la couture, c'est amusant, ça te changera.

Et j'ai fait de la pâtisserie, jusqu'à en être dégoûtée. Pépé, lui, ne décollait plus de son fauteuil. Il restait là, le nez enfoui dans un livre énorme qui s'appelait *Comment gagner de la vitesse.*

Un jour, discrètement, on est retournés à notre atelier. Les poules avaient profité de notre absence pour s'y installer ; j'ai même trouvé des œufs sur les sièges de l'Amilcar. On a fait un grand ménage, et Pépé m'a dit :

– Au boulot, maintenant ! J'ai trouvé deux ou trois idées intéressantes dans mon livre.

Il s'est lancé dans des explications très

compliquées. Je n'y comprenais rien, mais j'étais d'accord pour tout.

Pendant des semaines, on a travaillé comme des damnés sur la petite voiture rouge. On a changé le pot d'échappement, démonté le moteur, installé le second carburateur. Pépé a trouvé une astuce pour augmenter le taux de compression, puis il a changé l'arbre à cames* en disant :

– C'est ce qu'ils conseillent dans *Comment gagner de la vitesse.*

* C'est une pièce importante qui relie le moteur aux roues.

Enfin on a refermé le capot, et Pépé a mis le moteur en marche.

– Écoute ça, Flora ! Pas le moindre raté !

C'était vrai, le moteur tournait bien mieux qu'avant.

– Allez, monte ! m'a dit Pépé. Voyons ce que ce bolide a dans le ventre !

Grand-mère et Maman sont arrivées en courant et en répétant leurs éternelles recommandations.

Pépé leur a dit :

– Ne vous en faites pas !
On revient tout de suite.
Et il a donné un grand coup d'accélérateur. Il m'a crié dans l'oreille :
– Ce bouquin avait raison ! Tu sens cette puissance ? Et ce n'est rien encore, attends que la mécanique soit chaude !
On prenait sacrément de la vitesse. Je me cramponnais à mon siège. On doublait toutes les voitures sur la route. Pépé a hurlé :

– On va faire un essai au bord du lac !

L'Amilcar s'est engagée comme un obus sur la petite route tortueuse qui longeait le lac.

– Accroche-toi, Flora ! On arrive au tournant de la Mort !

Je me suis accrochée, mais ça n'a pas servi à grand-chose. Au milieu de ce fameux tournant, l'Amilcar a continué tout droit. Elle a renversé le signal RALENTIR, défoncé la barrière et plongé dans l'eau du lac avec un « plouf » retentissant. Elle a flotté quelques minutes, puis elle a coulé en lâchant des bulles.

Heureusement, Pépé savait nager, et moi aussi. On a regagné la rive, sains et saufs, et on s'est embrassés. Mais ensuite, on a pensé à ce qui nous attendait à la maison. Pépé m'a dit :

– Ma petite Flora, il va y avoir du grabuge, et cette fois-ci ce sera pire que pour le pot d'échappement sur le piano !

Un cadeau du ciel

Pépé avait raison. Quand Maman et Grand-mère nous ont vus arriver, à pied et trempés, elles ont failli s'évanouir. Puis Maman a traité Pépé d'assassin.

– Tu as voulu tuer ma fille ! criait-elle en me serrant dans ses bras.

Grand-mère fixait son mari droit dans les yeux :

– Cette fois, Joseph, tu vas nous débarrasser de tes engins de mort !

Elle a tellement insisté, que Pépé a été obligé de s'incliner. Il a vendu toutes ses « copines à roulettes ». Et il a promis de ne plus jamais en racheter.

Grand-mère lui a dit pour le consoler :

– Trouve-toi une occupation plus tranquille ! Le jardinage, par exemple, ça ne te dit rien ? Tu ne risques pas de tomber dans le lac en poussant la tondeuse.

Pauvre Pépé ! Il a fait des efforts pour s'intéresser au jardinage, mais rien à faire, la passion ne venait pas. Maman lui a conseillé la pêche à la ligne.

– Flora pourrait t'accompagner, elle t'aiderait à remonter les gros poissons...

– Tu pourrais avoir ton petit bateau à toi, a ajouté Grand-mère.

L'œil de Pépé s'est mis à briller, mais Grand-mère a vite précisé :

– Un petit bateau à rames, pas à moteur bien sûr, ça ferait fuir le poisson.

On a pêché pendant des semaines, Pépé et moi. On avait tout ce qui fallait, un petit bateau, des cannes à moulinet, des paniers, mais on n'attrapait presque rien, une ablette ou un goujon de temps en temps. Et puis l'eau du lac nous rappelait de mauvais souvenirs. En fin de compte, Pépé a déclaré :

– La pêche, ça me barbe, j'en ai assez.

On a essayé les excursions. On a visité tout ce qu'il y avait à visiter dans la région : les églises, les musées, les châteaux. Qu'est-ce qu'on a pu s'ennuyer !

Un jour où on marchait au bord d'une route, un rallye-moto est passé sous notre nez. Pépé en a profité pour inspirer une grande bouffée de gaz d'échappement. Il a souri, et pendant une seconde je l'ai vu revivre. Mais ensuite, son moral est retombé à zéro. Il a soupiré :

– Ça m'a flanqué un de ces cafards de voir passer tous ces bijoux !

C'est alors qu'une chose incroyable est arrivée, un événement qui allait chambouler nos vies.

En tournant au coin d'une rue, on est tombés sur un gros bonhomme qui gesticulait dans tous les sens et qui donnait des coups de pied dans une voiture. C'était une Bugatti, superbe, mais elle était en panne visiblement. Son radiateur sifflait et crachait des jets de vapeur. Le bonhomme s'est jeté sur Pépé en hurlant :

– Un taxi ! Trouvez-moi un taxi et je vous donne ce tas de ferraille.

Pépé ne se l'est pas fait dire deux fois. Il est parti comme une flèche, et cinq minutes après, le taxi était là.

Le bonhomme était sûrement un milliardaire qui avait un train à prendre. Il s'est rué dans le taxi et en partant, il a jeté par la vitre les papiers de sa voiture.

Pépé, sur le trottoir, faisait des bonds de kangourou :

– Une Bugatti ! J'ai une Bugatti !

Je lui ai fait remarquer que la voiture était en panne.

– Ne t'inquiète pas pour ça, on réparera dès que le moteur aura refroidi !

Il restait encore un problème.

– Pépé, tu oublies que tu as promis à Grand-mère de ne plus avoir de voiture.

– Ah, pardon ! m'a répliqué Pépé. J'ai promis de ne plus acheter de voiture. Celle-ci, on me l'a donnée.

CAFE DE LA POSTE

L'atelier secret

On a attendu que le moteur de la Bugatti refroidisse, et Pépé a plongé la tête dedans. En un clin d'œil, il a réparé la fuite du radiateur.

– Il n'y a plus qu'à y remettre de l'eau, et voilà une machine en parfait état de marche.

Je suis allée chercher de l'eau au café d'à côté, et j'ai rempli le radiateur. Pépé a refermé le capot de la voiture.

– Grimpe, Flora ! On va l'essayer.

On a fait un tour en prenant par des rues désertes et en restant assez loin de la maison. Pépé était aux anges. Il riait tout seul.

Tout à coup, il a stoppé la voiture et il m'a attrapé le bras.

– J'ai une idée, Flora ! Cette voiture, c'est une championne... Avec elle, on gagnerait sûrement le rallye de Monte-Carlo ! Il suffirait de la bricoler un peu.

Il s'est mis à rêver, et moi aussi.

– On deviendrait riches et célèbres... Ta mère et ta grand-mère aussi deviendraient riches et célèbres... Mais ce qu'il faudrait, c'est leur faire la surprise.

J'étais bien d'accord. Il fallait garder le

secret, d'ailleurs on n'avait pas le choix.

On a cherché un coin tranquille pour cacher la voiture et la préparer au rallye. Il y avait une cabane derrière des arbres, à deux minutes de la maison, au bout d'un sentier. C'était parfait comme garage secret. On a laissé la Bugatti à cet endroit et on est rentrés chez nous.

Ce soir-là, Pépé a proclamé bien fort qu'on allait se remettre à la pêche. Il a ressorti les cannes, les chapeaux de paille et nos deux gros paniers.

Le lendemain matin, Grand-mère et Maman se sont levées en même temps que nous pour nous voir partir.

– Ne tombez pas à l'eau ! a dit Maman.

– Ne vous piquez pas avec les hameçons ! a dit Grand-mère.

– Soyez tranquilles ! a dit Pépé. Il n'y a pas de danger qu'on se mouille ni qu'on se pique.

On a marché en chantant jusqu'à notre garage secret. Pépé a lancé un joyeux « Bonjour ! » à la Bugatti, et il a aussitôt déballé nos paniers de pêche. Il en a sorti un tas d'outils : des clefs à molette, des tournevis, tout ce qu'il fallait pour régler parfaitement un moteur, sans oublier le livre *Comment gagner de la vitesse*.

On a travaillé d'arrache-pied toute la journée, on a recommencé le lendemain, et comme ça jusqu'à la veille du rallye. Parfois, je faisais un saut à la poissonnerie et je ramenais un poisson à Grand-mère et Maman. Elles nous croyaient toujours à la pêche.

Le matin du rallye, la Bugatti était prête. On n'avait plus qu'à partir sans se faire remarquer. Pépé a dit :

– Soyons prudents ! Ce serait vraiment idiot de se faire prendre maintenant.

Il ne pouvait pas savoir qu'au moment où il disait ça, Grand-mère et Maman étaient à cent mètres de notre garage, en train de nous chercher ! Madame Fouinard, notre voisine, leur avait raconté qu'elle m'avait vue à la poissonnerie. Elles avaient compris qu'on leur cachait quelque chose et elles voulaient nous prendre sur le fait.

Seulement voilà, en sortant de la maison, elles avaient laissé la porte grande ouverte. Deux cambrioleurs passaient par là, et ils sont entrés.

Comme au cinéma !

Pendant que Grand-mère et Maman nous cherchaient, les cambrioleurs entassaient nos objets précieux dans la grosse malle de Grand-mère.

Mais dans la maison d'en face, notre voisine, madame Fouinard, s'était installée derrière sa fenêtre. C'était son habitude, elle épiait du matin au soir tout ce qui se passait dans le voisinage.

Elle a d'abord vu Grand-mère et Maman partir en coup de vent, puis elle a vu les deux gars s'introduire dans la maison. Comme elle leur trouvait l'air louche, elle a aussitôt téléphoné à la police.

Quelques instants après, deux policiers sont arrivés en trombe dans une Packard décapotable et ils se sont précipités dans la maison.

Mais les voleurs étaient déjà sortis avec la malle de Grand-mère par la porte de derrière. En contournant la maison, ils sont arrivés au portail, et là ils ont trouvé la Packard des policiers, vide, avec son moteur tournant au ralenti.

Sans hésiter une seconde, ils ont jeté la malle sur la banquette arrière, ils ont sauté à l'avant et ils ont démarré sur les chapeaux de roues.

Les policiers sont sortis de la maison et

courageusement ils se sont lancés à la poursuite de leur voiture.

Au même moment, Pépé et moi, on arrivait sur la route avec notre Bugatti. On a évité de justesse la voiture de police.

– Bande de chauffards ! Assassins ! a hurlé Pépé.

C'est alors que les deux policiers sont arrivés en soufflant comme des phoques. Ils ont bondi à l'arrière de notre Bugatti et ils nous ont ordonné :

– Suivez cette voiture !

Pépé a démarré aussitôt. Il était ravi : une poursuite automobile, quelle aubaine ! Mais les voleurs avaient pas mal d'avance et ils roulaient à toute allure.

Les policiers nous criaient dans les oreilles :

– Plus vite, bon sang, plus vite !

– Minute ! disait Pépé. Attendez que mon moteur chauffe et vous allez voir.

J'avais l'impression d'être dans un film. Il y avait des crissements de pneus, des nuages de poussière. Les fuyards avaient déclenché la sirène de la voiture de police pour dégager la voie.

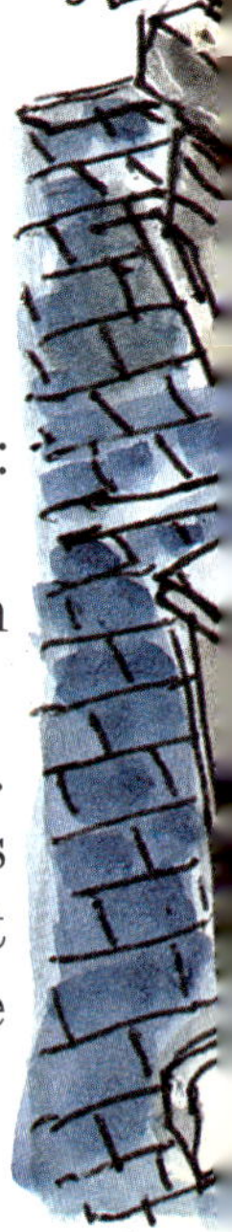

On a zigzagué derrière eux dans toute la ville, puis on les a suivis en direction du lac.

La Packard s'est engagée sur la petite route tortueuse que je connaissais bien.

Elle roulait vite, bien trop vite... et on approchait du tournant de la Mort !

RALENTIR
POLICE

Et le rallye ?

À l'arrière de la Bugatti, les policiers s'énervaient. Ils disaient à Pépé :

– Essayez donc de gagner du terrain !

– Y a pas moyen de pousser un peu plus ce tacot ?

Pépé leur a jeté un regard noir. Un tacot, sa Bugatti ? Il leur a dit :

– Je vous conseille de bien vous accrocher, dans une seconde ce sera fini.

Le tournant de la Mort n'était plus qu'à cent mètres. J'ai eu le temps de voir qu'on avait réparé la barrière et remplacé le signal RALENTIR. Devant nous, la Packard roulait à un train d'enfer. Et ce qui devait arriver est arrivé. Au milieu du tournant, la Packard a continué tout droit, elle a renversé le nouveau signal RALENTIR, elle a défoncé la barrière et elle a plongé dans l'eau du lac.

On s'est regardés, Pépé et moi ; on avait déjà vu ça !

La Packard coulait lentement, tandis que ses passagers nageaient vers la rive. Les policiers ont couru en criant :

– Haut les mains !

Les deux gars ont obéi sagement, et évidemment ils ont bu la tasse. Les policiers les

ont aidés à sortir de l'eau et ils leur ont passé les menottes.

Tous les habitants du coin sont arrivés sur les lieux de l'accident, à pied, à cheval, en voiture. Le maire brandissait déjà une facture pour la réparation de la barrière et le remplacement du signal.

Grand-mère et Maman sont arrivées à leur tour, en compagnie de madame Fouinard. On leur a raconté ce qui s'était passé. Grand-mère s'est inquiétée pour sa malle et ses objets précieux.

Mais soudain on a vu la malle flotter à la surface de l'eau, et ça a été un grand soulagement. Un pêcheur l'a poussée vers nous avec sa canne, et on l'a récupérée. À l'intérieur, tout était intact.

Grand-mère a dit à Pépé :

– Je suis fière de toi. Tu as été très courageux. Ce n'est pas donné à tout le monde de pouvoir capturer des criminels.

Elle ne lui a posé aucune question au sujet de la Bugatti. Elle lui a dit simplement, comme si de rien n'était :

– Avec cette nouvelle voiture, tu pourrais peut-être faire le rallye de Monte-Carlo ? Et si tu gagnais, on deviendrait riches et célèbres...

Pépé a fait semblant de tomber de la lune.

– Le rallye de Monte-Carlo ? Pourquoi pas ! Cette Bugatti aurait sa chance.

Il m'a fait un clin d'œil, et il a dit à Grand-mère :

– Je n'y aurais jamais pensé tout seul, heureusement que tu m'en parles ! On y va tout de suite, Flora et moi.

Dans la même collection
J'aime lire

UN DIABLE AU GARAGE GROG

Pour s'amuser, un diable sème le désordre dans la ville. Tout le monde est agacé par ses diableries. Hector, un jeune mécanicien très malin, découvre la cachette du diable et lui vole ses cornes. Mais le diable a plus d'un tour dans son sac, Hector aussi.

*Une histoire écrite par Évelyne Reberg
et illustrée par Michel Guiré-Vaka.*

LA MISSION D'AMIXAR

Ce 24 juillet 2854 est une belle journée pour Luce et son frère Phipo. Ils ont gagné le gros lot de leur émission de télévision préférée : un robot-nounou ultra-perfectionné ! Dès le lendemain, Amixar est chez eux. Quel formidable compagnon : il connaît cinq mille jeux, dix mille histoires, et prépare même de délicieux dîners. Jusqu'au soir où les parents de Luce et Phipo lui confient la maison et les enfants pour partir à un concert sur la Lune. C'est alors qu'Amixar révèle la face cachée de sa personnalité programmée... Robot-nounou ou robot-filou ?

*Une histoire écrite par Nicolas de Hirsching
et illustrée par Martin Berthommier.*

LA CHARABIOLE

Petites lunettes, cartable ciré : Quentin Corbillon est un élève modèle. Il sait tout, il a 20 en tout, et il révise même ses leçons pendant les récréations. Bien sûr, la maîtresse le chouchoute... Jusqu'au cours de mathématiques où Quentin répond que les triangles ce sont des « chioukamards à gloupions... ». Depuis ce jour-là, Quentin ne parle plus que dans un incroyable charabia que personne ne comprend. Professeurs, parents, docteurs, tout le monde s'affole. Comment guérir Quentin de cette drôle de maladie ?

Une histoire écrite par Fanny Joly
et illustrée par Claude et Denise Millet.

LE ROYAUME DES DEVINETTES

Obo est un garçon si laid que personne ne veut l'aimer. Mais il joue si bien de la flûte qu'un vieillard le met au défi de délivrer Or, la divine princesse prisonnière du roi Riorim. Ce roi, mi-homme mi-crapaud monstrueux, coupe la tête de tous ceux qui ne savent pas répondre à ses terribles devinettes... Heureusement, sous la laideur d'Obo se cache une grande intelligence. Et dans sa poche, il a sa flûte...

Une histoire écrite par Évelyne Reberg
et illustrée par Mette Ivers.

Achevé d'imprimer en février 1995 par Ouest Impressions Oberthur
35000 Rennes - N° 15934
Dépôt légal : février 1995 - N° éditeur : 2040
Imprimé en France